QUI A VU LE PHANTOM
OF THE OPERA?

Tip TONGUE

DES ROMANS QUI PASSENT PETIT À PETIT EN ANGLAIS

Tip Tongue, c'est un voyage en immersion

Le héros, un jeune Français comme le lecteur, part en voyage dans un pays étranger et vit une aventure aux côtés de personnages qui parlent... anglais. Comme dans la vraie vie !

Avec Tip Tongue, lire de l'anglais devient naturel

Pas besoin de dictionnaire ! Au début du roman, la langue étrangère se trouve seulement dans les dialogues, puis elle entre petit à petit dans la narration. Le lecteur comprend tout grâce aux stratégies des personnages pour communiquer. Le dernier chapitre est à 100 % en anglais.

L'audio-book

Chaque titre offre une version intégrale audio téléchargeable. Un véritable bain de langue avec des accents authentiques pour découvrir comment se prononce un mot en langue étrangère au moment où on le lit !

SYROS Live

TÉLÉCHARGEZ L'APPLI SYROS LIVE ET SCANNEZ LA COUVERTURE DES ROMANS POUR OBTENIR LEUR VERSION AUDIO.

Tip Tongue se décline en anglais, espagnol, allemand... et pour tous les âges, de 8 à 17 ans.

La collection a obtenu en 2015 le **Label européen des langues**, récompensant l'excellence en matière d'apprentissage innovant. Chaque roman correspond à un niveau cible du **CECRL** (Cadre européen commun de référence pour les langues), sur lequel sont basés les programmes scolaires :

A1 (primaire et 6e), A2 (collège), B1 (lycée).

Se passionner

S'immerger

S'amuser

Être en empathie avec les personnages

Partager

Être encouragé, motivé

Être bienveillant

Répéter

Être créatif

Lire de bonnes histoires

S'améliorer

TIP TONGUE, C'EST UN ÉTAT D'ESPRIT : PLAISIR, CURIOSITÉ, CONFIANCE EN SOI !

Tip TONGUE

Une collection dirigée par Stéphanie Benson

Label européen des langues

En partenariat avec l'UFR Langues et Civilisations
Université Bordeaux-Montaigne.

www.tiptongue.u-bordeaux-montaigne.fr

Université BORDEAUX MONTAIGNE

Illustrations de Julien Castanié

ISBN : 978-2-74-852077-4

CARINA ROZENFELD

QUI A VU LE PHANTOM OF THE OPERA?

SYROS

53

Chapter One

WELCOME TO SYDNEY!

– Welcome to Sydney! s'écria l'homme en chemisette qui se tenait sur le seuil de la maison.

Il ouvrit la porte en grand pour laisser entrer Gabriel et sa maman, tandis que Gabriel se félicitait de comprendre la première phrase qui lui était adressée en anglais, « Bienvenue à Sydney ».

– Come on in! poursuivit l'homme. I'm Bob, and you must be Sylvie and Gabriel…

Sylvie hocha la tête et tira la valise derrière elle dans l'entrée où il faisait agréablement frais.

Gabriel suivit, légèrement intimidé devant cet homme très grand et large d'épaules, aux cheveux blonds et aux yeux pétillants. Bob était le mari de sa tante Séverine, qui vivait à Sydney depuis plus de quinze ans. Gabriel n'était même pas né quand elle avait déménagé en Australie. Il avait un peu redouté de se retrouver face à son oncle qui ne parlait pas un mot de français. Mais, pour l'instant, il avait au moins l'impression de suivre la conversation. Bob s'était présenté, et avait supposé qu'ils devaient être (« must be ») Sylvie (sa mère) et Gabriel (lui-même).

D'habitude, Séverine venait en France pour Noël, mais cette année la maman de Gabriel avait décidé qu'il était temps de rencontrer la famille de sa sœur. Elle avait économisé pour acheter des billets d'avion et ils avaient fait plus de vingt heures de vol pour passer Noël ensemble à Sydney, en Australie. À l'autre bout du monde. Gabriel ne savait plus où donner de la tête, tellement tout était étrange.

À ce moment-là, une tête auréolée d'une chevelure si blonde qu'elle paraissait blanche surgit à l'angle du couloir. La fille devait avoir à peu près son âge.

Des yeux curieux le fixèrent.

– So, you must be my cousin Gabriel, affirma l'inconnue.

Gabriel venait juste de commencer l'anglais au collège, mais de nouveau il comprit : « my cousin » ressemblait assez au français pour savoir que cela voulait dire « mon cousin ». La blondinette devait donc être Emily, sa cousine germaine.

– Yes, répondit-il timidement.

Ça, il était capable de le dire !

Emily sourit et ses yeux se mirent à pétiller comme ceux de son père.

– Are you French like my Mom?

Gabriel hocha la tête. Il avait compris le mot « French » qui voulait dire « français » et « Mom », qui signifiait « maman ». Emily lui avait demandé s'il était français comme sa mère.

– Yes, répondit-il à nouveau.

Il était plutôt fier, à vrai dire. Il venait seulement d'arriver en Australie, et voilà qu'il faisait déjà la conversation à sa cousine.

– Come on in! répéta Bob. I'll show you your rooms. Séverine will be along in a minute or two.

– Viens, Bob va nous montrer nos chambres, traduisit sa mère à voix basse.

Gabriel lui toucha le bras.

– Tu sais, j'avais compris. Je fais comme tu me dis, je n'essaie pas de tout comprendre. On a appris le mot « room » au collège, quand on a étudié les pièces de la maison. Et puis « Séverine » et « minute » et « two », ce n'est pas difficile. Séverine arrive dans une minute ou deux, n'est-ce pas ?

Sa mère semblait surprise, mais ne fit pas de commentaire, et elle suivit Bob et Gabriel dans l'escalier. Bob indiqua d'abord la chambre qu'allait occuper Sylvie, puis il désigna une porte peinte en mauve sur laquelle des lettres en bois indiquaient : *Emily*.

– You'll sleep in Emily's room, Gabriel, dit Bob.

– Tu vas dormir dans la chambre de ta cousine, dit sa mère.

– J'avais compris, maman, répondit-il sur un ton un peu plus sec qu'il ne l'aurait voulu.

Elle n'allait quand même pas se transformer en dictionnaire ambulant !

La chambre d'Emily était toute mauve aussi, le sol tapissé d'une épaisse moquette claire. La pièce était vaste, décorée de posters de chevaux, de dauphins et de koalas. Le lit d'Emily était immense, surmonté d'un voile lilas. En face, derrière un paravent recouvert d'un tissu moiré, un grand canapé-lit avait été préparé à son attention.

Gabriel était impressionné : la chambre de sa cousine faisait au moins la moitié de son appartement parisien !

– Is that okay for you? demanda Emily qui les avait suivis.

– Elle te demande... commença la mère de Gabriel.

– Je sais, maman… l'interrompit celui-ci.

Il se tourna vers sa cousine.

– Yes, thank you. That's fine.

– Oh, you can speak English? s'écria oncle Bob, la mine réjouie.

– Yes, répondit Gabriel avec un sourire fier. Cependant, il avait un peu l'impression que, pour l'instant, il avait surtout dit « yes ». Il allait falloir passer à autre chose.

– Perfect, dit Bob. That'll make things easier for tonight.

Bob lui fit un grand clin d'œil et s'éclipsa avant que Gabriel puisse faire remarquer que, à part « perfect », « parfait », et « tonight », « ce soir », il n'avait, pour le coup, rien compris. Tant pis. Il était trop content d'être en Australie pour s'arrêter à des détails. Sa mère, qui s'apprêtait à quitter la pièce elle aussi, se tourna vers lui :

– Ça facilitera les choses pour ce soir, lui traduisit-elle. Hé oui, je sais, tu avais compris !

Puis elle se retira.

Gabriel posa son sac de voyage par terre et s'assit au bord de son lit.

– I've never been to France, lui dit Emily en s'asseyant près de lui. I would love to see the Eiffel Tower.

Gabriel avait épuisé ses maigres connaissances linguistiques. Perdu, il tenta de recoller les mots qu'il reconnaissait – « France », « Eiffel Tower », « love » qui voulait dire « aimer », « to see », c'est-à-dire le verbe « voir » – pour comprendre ce que lui disait sa cousine. Sans doute aurait-elle aimé aller en France et voir la tour Eiffel.

– In Sydney, we have the Sydney Opera House, reprit-elle. You're going there tonight. It's where my Dad works.

Gabriel hocha la tête. Sa mère lui avait montré sur Internet des photos de l'Opéra de Sydney, un énorme bâtiment qui faisait penser à des papillons posés sur un lac. S'il avait bien compris Emily, il était prévu qu'il y aille le soir même.

– Tonight, I see the Opera House?

– Yes, my Dad works there. He's a lighting technician. You'll see, it's amazing!

Le dernier mot ne lui posait pas de problème : « amazing », comme *The Amazing Spider Man*. Emily trouvait l'Opéra « amazing », « étonnant » ou « génial ». C'était là que travaillait Bob, ça il le savait, et il avait reconnu le verbe « work » qui voulait dire « travailler ». Donc, ce soir, Bob allait leur montrer le monument le plus célèbre d'Australie. Génial, pensa-t-il, tandis qu'il disait à Emily :

– Amazing!

Chapter Two

THE SYDNEY OPERA HOUSE

Gabriel se sentait en pleine forme, à cause du décalage horaire. Pour lui, c'était le matin, et comme il avait dormi dans l'avion, il n'avait absolument pas sommeil. Il était excité comme une puce d'être en Australie. Il n'était jamais parti aussi loin de sa vie !

Aussi, quand Bob lui proposa après le dîner de l'emmener à l'Opéra de Sydney, où il travaillait comme technicien lumière, il accepta aussitôt. Sylvie et Séverine, qui ne s'étaient pas vues depuis un an, se réjouissaient de passer cette première soirée toutes les deux.

Emily, elle, n'avait aucune envie d'aller se coucher, alors que son cousin s'apprêtait à visiter les coulisses de l'Opéra de nuit.

– I'm coming too! déclara-t-elle à son père.

– No, you're not! répondit Séverine. You were up late yesterday.

– You're kidding? I'm on holiday!

Gabriel regardait son oncle, sa tante et sa cousine parler à toute allure en anglais, et il dut admettre qu'il se sentait perdu. Il se tourna vers sa mère :

– Qu'est-ce qu'ils disent ?

– Emily veut venir aussi, lui expliqua Sylvie.

En effet, elle avait dit « I'm coming too ». « Coming », du verbe « to come », « venir ». « Je viens aussi. »

– Et Séverine lui a dit non, c'est ça ?

– Oui, Emily s'est déjà couchée tard hier, expliqua sa mère, puis elle répéta la phrase à la troisième personne : She was up late yesterday.

– Et Emily a répondu quoi ?

– Qu'elle est en vacances. On holiday.

Gabriel sourit à sa cousine et lui dit :

– Moi, j'aimerais bien que tu viennes.

Elle le regarda sans comprendre, alors Gabriel tenta de se rappeler ses cours d'anglais. Il savait qu'« aimer » se disait « to like », « venir », « to come », et « avec nous », « with us », alors il tenta une phrase :

– I like you come with us.

Bob sourit et corrigea gentiment la phrase :

– I would like you to come with us.

Emily lança un regard triomphant à son père :

– Would you? That's good, because I'm coming with you.

Ils éclatèrent tous de rire. Emily avait profité de la phrase de Bob corrigeant l'anglais de Gabriel pour s'imposer lors de la sortie.

Bob fit un clin d'œil à Gabriel :

– She wins.

– Elle a gagné, traduisit sa mère.

– Amazing! s'écria Gabriel.

Emily lui tendit la main pour qu'il tape dedans.

Ils laissèrent donc à la maison les deux sœurs qui semblaient avoir beaucoup à se dire, et montèrent dans la voiture de Bob qui s'engagea sur des petites routes pour rejoindre l'autoroute qui menait à Sydney. Gabriel fut de nouveau déstabilisé par le fait qu'il conduisait à gauche. Il l'avait déjà remarqué dans le taxi qui les avait ramenés de l'aéroport. Comment dire ça en anglais ?

– It's strange, commença-t-il. Drive left.

– Oh yes, we drive on the left hand side of the road, said Bob. Like in England.

Oui, c'était bien ça, « conduire » se disait « to drive », « du côté gauche », « on the left hand side », et « the road », ça voulait dire « la route ». Il se rappela également qu'en cours d'anglais la prof leur avait fait remarquer que « like » pouvait signifier soit « aimer », soit « comme ». Bob lui avait donc dit qu'en Australie ils conduisaient à gauche, comme en Angleterre.

Au bout d'un moment, ils arrivèrent en ville et débouchèrent enfin devant l'Opéra. Gabriel l'avait vu en photo, mais il ne s'attendait pas à être aussi émerveillé. Le bâtiment était magnifique. Il se dressait en bord de mer, devant un ciel rose de coucher de soleil. De loin, il évoquait un bateau aux voiles blanches, mais, en se rapprochant, Gabriel se dit que les espèces d'ailes de papillon qui se superposaient ressemblaient plus à des coquillages. Il y en avait deux séries de trois, parallèles, doucement éclairées dans la nuit tombante. C'est en le voyant en vrai que Gabriel réalisa qu'il avait vraiment fait tout ce chemin, qu'il était réellement en Australie, à l'autre bout du monde !

– Amazing! se contenta-t-il de dire.

– Isn't it gorgeous? demanda Emily, les yeux brillants.

– Gorgeous? I don't understand, dit-il en se rappelant comment dire qu'il ne comprenait pas.

– It's gorgeous means it's beautiful, lui expliqua sa cousine.

Gabriel hocha la tête. « Beautiful », ça voulait dire « beau ». Oh oui, c'était beau !

– Yes, it's beautiful, he said. It's gorgeous.

Bob fit entrer sa voiture dans un parking souterrain et se gara entre deux piliers de béton.

Il guida les enfants, à travers des escaliers et des couloirs vides et silencieux, jusqu'à la cabine du technicien lumière, qui ressemblait à un super-ordinateur avec des écrans et des claviers partout. Bob s'assit sur le fauteuil qui faisait face aux écrans.

– I have to work now, leur dit-il. You two can explore. Mind the ghost!

« Ghost »? Le « fantôme » ? « Mind », Gabriel le savait, voulait dire « faire attention ». Il fallait faire attention au fantôme ? Quel fantôme ?

– What's the ghost? demanda-t-il à Emily.

– The Phantom of the Opera, she said avec un grand sourire. The Opera House is haunted.

L'Opéra était hanté ? Soudain, Gabriel n'avait plus tellement envie d'en explorer les coulisses. Il espérait de tout son cœur que c'était une blague.

Chapter Three

THE PHANTOM OF THE OPERA

Ils descendirent un long couloir, où ils croisèrent l'équipe de nettoyage en combinaison grise, un accessoiriste qui poussait une penderie sur roulettes chargée de costumes bariolés, et un technicien qui transportait d'énormes projecteurs. Emily ouvrit sans hésiter une porte qui les fit déboucher dans une gigantesque salle de spectacle éclairée de mille feux.

Gabriel resta cloué au sol en découvrant cet immense espace. Des gradins aux sièges rouges descendaient en pente vers une grande scène vide. La structure en bois du haut plafond voûté donnait l'impression d'être faite de tissus plissés. Des lustres circulaires transparents éclairaient la salle depuis la voûte.

– It's gorgeous! said Gabriel.

– Yes, it is, his cousin replied, les yeux brillants de joie.

Visiblement, l'émerveillement de Gabriel lui faisait plaisir. Elle s'avança en ouvrant les bras et en tournant sur elle-même.

– This is the Concert Hall, said Emily. It's where the concerts take place. Music.

Gabriel comprit que c'était ici qu'on donnait les concerts de musique. C'était magnifique. Gorgeous. Puis sa cousine montra du doigt l'orgue gigantesque qui occupait tout le mur du fond de la salle.

– This is the biggest organ in the world! she said.

« Organ » était donc le mot anglais pour « orgue ». Gabriel avait étudié les comparatifs en classe : « big » voulait dire « gros », « bigger », « plus gros » et « biggest », « le plus gros ». Emily était en train de lui expliquer qu'il s'agissait du plus gros orgue « in the world »... au monde ! Gabriel voulait bien la croire !

– It has ten thousand pipes, précisa sa cousine. Can you imagine?

Elle dut se rendre compte que Gabriel n'avait pas compris car elle désigna plus précisément un tuyau argenté qui scintillait dans la lumière.

– See? It's a pipe.

Oh, le tuyau de l'orgue se disait « pipe » ! Comme une pipe en français, mais prononcé très différemment. Après tout, une pipe, c'était aussi une sorte de tuyau.

– And the organ has ten – Emily montra ses dix doigts écartés devant elle – thousand pipes.

Gabriel réfléchit quelques instants. « Ten », c'était « dix ». Facile ! « Thousand »... ? Non, ce n'était pas cent. Cent se disait « hundred ». C'était donc mille ! Cet orgue avait dix mille tuyaux !

– Ten thousand ! s'écria-t-il alors, les yeux ronds.

– Come on! said Emily, pour l'inviter à la suivre.

Elle se mit à dévaler les marches entre les gradins et se faufila dans une allée, pour finalement se laisser tomber dans l'un des profonds fauteuils rouges.

– Ahhh! fit Emily. These armchairs are so comfortable!

Gabriel commençait à s'habituer à l'accent australien de sa cousine, qui ne ressemblait pas à celui de sa professeure au collège, qui était anglaise. Cependant, il y avait tellement de mots qu'il ne connaissait pas !

Il secoua la tête pour montrer qu'il n'avait pas compris.

– These armchairs, répéta Emily lentement en désignant les fauteuils rouges (Gabriel hocha la tête pour lui signifier qu'il avait compris, cette fois), are comfortable.

« Comfortable », comme « confortable » en français. Ah, elle trouvait les fauteuils confortables !

– Yes! s'empressa d'approuver Gabriel.

Il était vraiment content d'être là.

– But this is also the place that is haunted, said Emily. So everyone says.

Tout le monde disait que l'endroit était hanté ? Gabriel frissonna. Soudain, il ne se sentait plus à l'aise du tout.

– There's a story, said Emily. Do you understand « story » ?

« Story » ? « Histoire », se dit Gabriel. Ils l'avaient vu en anglais. Il hocha la tête.

– Okay, the story goes that a ghost haunts this place, with a skull under its arm.

Gabriel n'avait pas compris grand-chose, à part « ghost », « fantôme », « haunts », « hante », et « place », « endroit ». Récapitulons. Un fantôme hantait cet endroit ? Bon, ça, il l'avait déjà compris, mais la deuxième partie de la phrase demeurait un mystère.

– What's « skull » ? he asked.

– A skull is a head, said Emily, et elle se toucha la tête. It's a dead head, only bones. The ghost has a dead head under (elle mima « sous ») its arm (elle tendit son bras).

Gabriel écarquilla les yeux. Le fantôme avait une tête sous le bras ?

– What's « bones »? poursuivit-il, déterminé à aller jusqu'au bout de la description.

Emily sortit son téléphone portable et tapa le mot rapidement, avant de lui tendre l'écran. Il y était écrit « os ». Apparemment, « skull » voulait dire « crâne ». Une tête morte, quoi, dont il ne restait que les os. Un fantôme avec son crâne sous le bras. Non, décidément, Gabriel n'avait pas du tout envie de voir ça. De toute façon, il ne croyait pas aux fantômes. Pour voir un fantôme, il fallait quand même y croire. Au moins un peu.

À ce moment, un bruit étrange résonna sous la vaste voûte de la salle de concert. Toc, toc.

Les deux cousins se figèrent et tendirent l'oreille.

– What's that? chuchota Emily.

– I don't know, répondit Gabriel, qui savait dire qu'il ne savait pas.

C'était une phrase très utile pour apaiser la professeure d'anglais : « I'm sorry, Teacher, I don't know. »

Le bruit recommença.

– Is it the ghost? Gabriel asked.

Emily pouffa de rire.

– Ghosts don't exist! It's just a story.

Gabriel se sentit un peu bête. Il savait bien que les fantômes n'existaient pas, qu'ils n'apparaissaient que dans les histoires. Mais, dans ce cas, qu'est-ce qui faisait ce bruit ?

Chapter Four

A MYSTERY

Emily fit signe à son cousin de se cacher. Ils s'accroupirent entre les deux rangées de fauteuils. La moquette sous leurs pieds étouffait tous les bruits.

Ils se faufilèrent, pliés en deux, jusqu'à l'extrémité de la traverse. Emily leva la tête.

– Someone is here, chuchota-t-elle. I can hear them, but I can't see them.

Gabriel se concentra. « Someone » signifiait « quelqu'un ». « Here », c'était « ici ». Donc, quelqu'un était ici. Mais sa cousine avait dit « here » deux fois. Soudain, il se souvint que sa professeure disait qu'en anglais beaucoup de mots se prononçaient de la même façon, même s'ils s'écrivaient différemment et voulaient dire des choses très différentes. Elle avait pris l'exemple de « here », « ici », et « hear », « entendre ». Donc, logiquement, Emily pouvait (« can ») entendre (« hear ») quelqu'un, mais ne pouvait pas (« can't ») le voir (« see »). Gabriel était dans la même situation. Il osa se redresser un peu et aperçut une silhouette en bas de la scène.

– I see a man! dit-il à mi-voix.

En effet, il voyait un homme vêtu de la combinaison grise de l'équipe d'entretien. Sauf que l'homme en question ne nettoyait rien du tout. Il était plié en deux, comme s'il cherchait quelque chose. Il avait à la main une canne avec laquelle il frappait le sol. C'est ce qui produisait ce bruit. Sa peau sombre contrastait avec le nuage de cheveux blancs qui encadraient son visage.

Emily se releva à moitié afin de jeter un coup d'œil par-dessus les sièges.

– You're right! I can see him too!

La réponse de sa cousine rappela à Gabriel l'expression de sa professeure quand quelqu'un donnait la bonne réponse à une question qu'elle avait posée : « Right! » s'exclamait-elle pour signifier que la personne avait raison. Ici, c'était lui qui avait raison puisque Emily pouvait voir l'homme, elle aussi.

L'homme aux cheveux blancs longea la scène lentement, puis il disparut dans les coulisses.

– What's he doing? murmura Emily.

Gabriel fronça les sourcils, et Emily tapa alors de nouveau sur son téléphone, puis lui montra l'écran. « Qu'est-ce qu'il fait ? » Il se posait la même question. Que faisait cet homme ? Il paraissait très vieux. Trop vieux pour travailler encore. Et, de toute façon, la salle de concert était magnifiquement propre. Une chose était sûre en tout cas, ce n'était pas un fantôme ! Il était trop solide pour ça, même si ses cheveux très blancs lui donnaient une allure spectrale.

Soudain, le vieil homme réapparut. Il parlait tout seul, grommelait des paroles dans une langue qui ne ressemblait pas à l'anglais.

– What he say? demanda Gabriel.

– What's he saying? corrigea Emily. I don't know. I can't understand him.

Si Emily ne comprenait pas ce que disait le vieil homme, ça ne devait pas être de l'anglais.

Soudain, celui-ci recommença à frapper le sol avec sa canne. Fasciné, Gabriel se pencha en avant, mais son mouvement fit bouger le fauteuil sur lequel il s'appuyait, et il poussa un cri effrayé.

L'homme étrange se figea, regarda autour de lui, puis quitta précipitamment la grande salle par une porte latérale.

– Come on, décida aussitôt Emily. Follow me.

Elle le précéda vers la petite porte qui donnait sur un couloir sombre. Et ils sortirent à leur tour de la salle de concert. Ils arpentèrent plusieurs corridors, poussèrent prudemment plusieurs portes, mais ne trouvèrent nulle part trace de l'homme au comportement mystérieux. Ils finirent par atterrir dans une autre salle de spectacle, bien plus petite celle-là. Ici aussi il y avait une scène et des fauteuils, mais ils étaient moins profonds et moins confortables que ceux du concert hall, et disposés comme dans un amphithéâtre.

– This is what we call the « playhouse », expliqua Emily.

Ils se turent quelques instants, ce qui laissa le temps à Gabriel de regarder ce qui l'entourait. Emily, quant à elle, semblait plongée dans ses pensées.

– I think he's an Aborigine, murmura-t-elle finalement.

– What's this? demanda Gabriel, qui ne se pensait pas capable de répéter le mot bizarre que sa cousine venait d'employer.

– What's an Aborigine? The Aborigines were the first inhabitants of Australia before the English arrived, Emily explained.

Malgré sa fatigue, Gabriel se concentra. « Abo-rigine », « Aborigène » ? « First inhabitants », « premiers habitants » ? « Before », « avant » ? Les premiers habitants de l'Australie avant l'arrivée des Anglais !

La mère de Gabriel lui avait fait un cours en accéléré avant d'entreprendre ce long voyage et il avait lu, sur Internet, un article sur les Aborigènes. Ils étaient effectivement les tout premiers habitants de l'Australie, et ils avaient peuplé ce continent bien longtemps avant que les Anglais ne débarquent sur l'île et ne décident qu'elle appartiendrait désormais à la Couronne britannique.

Mais tandis que Gabriel tentait de rassembler ses connaissances sur les Aborigènes, une voix s'éleva et répondit à Emily :

– Yes, you're right. He is an Aborigine.

La voix fit sursauter les deux enfants en même temps. C'était une voix étrange, à la fois forte et lointaine, comme si la personne parlait de très loin tout en se tenant très près. Trop près !

Gabriel et Emily se retournèrent et eurent un mouvement de recul. Devant eux se dressait un homme à la peau très blanche et légèrement transparente. Il était habillé comme dans les films d'époque, avec un costume sombre et un chapeau imposant. Et il tenait dans le creux de son bras un crâne. Mais, pire que tout, on voyait la scène et les rideaux à travers lui, et il flottait à quelques centimètres du sol. Gabriel retint son souffle de peur de crier.

Emily ne fut pas si discrète :

– Oh my God! It's a ghost! she screamed.

Les deux cousins se serrèrent l'un contre l'autre, figés sur place. Impossible de bouger.

Ils fixaient avec terreur le fantôme qui flottait au-dessus des fauteuils et se rapprochait d'eux. Un instant, Gabriel se demanda s'il pouvait s'agir d'un effet spécial utilisé lors d'un spectacle, et qui se serait déclenché à leur arrivée, mais rien ne venait soutenir cette théorie : les spots qui surmontaient la scène étaient tous éteints, seules quelques lampes halogènes brillaient çà et là. C'est alors que l'apparition se pencha, la mine soucieuse, et demanda d'un ton moqueur :

– What's the matter? Seen a ghost?

Puis il éclata de rire.

Tout à son effort de comprendre les mots prononcés par le fantôme, Gabriel en oublia une seconde l'étrangeté de la situation. « What's the matter? » Il l'avait vu ou entendu quelque part, mais impossible de s'en souvenir. Ne lui venait en tête que la phrase de sa professeure lorsqu'un élève ne réussissait pas : « It doesn't matter », « Ce n'est pas grave ».

Il laissa tomber et passa à la deuxième phrase. « Seen », verbe « to see », « voir », et, au passé, « vu ». Vu un fantôme ? Eh bien oui, justement. C'était bien ça le problème. Et qui plus était, un fantôme qui tentait de faire de l'humour.

– Don't worry, said the ghost, I'm a nice ghost. I won't hurt you.

Gabriel tenta de se ressaisir. Le fantôme avait dit « don't worry » et il savait que ça voulait dire « ne vous inquiétez pas », parce que la professeure d'anglais mettait la phrase à la suite de « it doesn't matter ». Il avait également compris le mot « nice » qui signifiait « gentil » ou « sympa ». Mais la fin de la phrase lui échappait complètement.

Emily se redressa lentement.

– He says he won't hurt us, répéta-t-elle à Gabriel avec soulagement.

Son cousin ne saisit pas davantage, mais il sentit la panique refluer un peu.

– This hurts, dit Emily en le pinçant sur le haut du bras pour illustrer son propos. Sorry...

– Aïe ! s'écria Gabriel, tout en pensant que sa cousine exagérait.

Mais il avait compris : « to hurt », « faire mal ».

Le fantôme n'allait pas leur faire de mal. Et même, il leur adressa à ce moment-là un sourire encourageant.

– I'm the Phantom of the Opera, se présenta-t-il en faisant une petite révérence. My name is sir Arthur Cardiff. Pleased to meet you! Euh... what are your names?

– I'm Emily, said Emily. And this is Gabriel, my cousin.

– Enchanted, said the phantom. Now, I need you to help me.

Chapter Five

THE STORY OF SIR ARTHUR CARDIFF

— I was born in London in nineteen twenty, said sir Arthur, voyant que les deux enfants étaient maintenant prêts à l'écouter, rassurés par son attitude amicale. Nearly a century ago.

Gabriel se concentra. Il était né en... Bon, tant pis. Il y avait (« ago ») presque (« nearly ») un siècle (« a century »). En tout cas, il y avait longtemps.

Le fantôme semblait s'être assis lui aussi mais, en réalité, il flottait à quelques centimètres de son siège.

– You're very old, fit remarquer Emily en réalisant que sir Arthur était très vieux.

Gabriel se retint de rire. Ce qu'Emily venait de dire au fantôme, ce n'était pas très poli, même si c'était vrai !

– Yes, said sir Arthur d'un ton sec. You're right. I am very old. But when I was young, I was a great actor. A very great actor.

– A what? interrompit Gabriel.

Il avait compris qu'Arthur était un acteur, mais « great » ?

Emily trouva le synonyme qu'il fallait :

– Important, chuchota-t-elle.

– I came here to Sydney, poursuivit le fantôme d'une voix théâtrale, in nineteen seventy-two, to play Hamlet, the famous Shakespearian character. You've heard of Hamlet?

Gabriel n'était pas sûr d'avoir tout suivi. Il avait reconnu les noms de Shakespeare et Hamlet, donc il en déduisit qu'Arthur était venu en Australie pour jouer Hamlet, le fameux personnage shakespearien, et leur demandait s'ils en avaient entendu parler. Il hocha la tête.

– My first performance was an immense success, said sir Arthur.

Cette fois, Gabriel comprit. Il reconnaissait le mot « success » qui ressemblait beaucoup à « succès », en français, « immense », qui était identique au français, et, bien sûr, « performance ». Sa professeure appelait « mots transparents » ces mots qui étaient presque identiques dans les deux langues. Elle disait qu'il y en avait beaucoup entre l'anglais et le français, et Gabriel commençait à la croire. En tout cas, la première performance de sir Arthur avait connu un immense succès.

– Then I broke Yorick, said the ghost.

Avant les vacances, Gabriel avait commencé à apprendre les verbes irréguliers en anglais, en commençant par la lettre *a*. Il en était au *b*, avec, entre autres, « break, broke, broken »,

« casser » en français, conjugué à l'infinitif, au prétérit et au participe passé. Il reconnut donc immédiatement le verbe « casser » au prétérit, mais n'aurait pas su dire ce que sir Arthur avait cassé.

– What you break? demanda-t-il en sachant que la construction de sa phrase n'était pas géniale.

– What did I break? sir Arthur corrected d'un ton hautain. I broke Yorick, he said d'une voix infiniment triste. And that, my friends, was the beginning of the end.

Gabriel souffla bruyamment. Il jeta un regard rapide à sa cousine qui ne semblait pas avoir mieux compris que lui. Son front était barré d'un petit pli entre les sourcils, et Emily, d'habitude si bavarde, ne paraissait pas savoir quoi dire.

Au bout d'un long silence aussi théâtral que les paroles incompréhensibles de sir Arthur, elle demanda doucement :

– What's a Yorick?

– What's a Yorick? repeated sir Arthur d'un ton épouvanté. What's a Yorick? How old are you, girl?

En moins d'une seconde, le fantôme était passé de nostalgique à furieux. Mais bon, il n'était pas très effrayant, malgré tout.

– I'm eleven, said Emily sans se démonter. How old are you?

– I'm... I'm... stammered sir Arthur. I'm... dead.

Là, Gabriel comprit tout de suite. Sir Arthur était mort. Pour un fantôme, cela paraissait assez évident.

– Yes, we can see that you're dead, said Emily. You're a ghost, so you're dead. But what's a Yorick?

Gabriel devait l'admettre, sa cousine ne perdait pas le nord. Elle voulait savoir ce qu'était un Yorick, et le mépris du fantôme n'allait pas lui faire oublier sa question.

– It's not a what, it's a who, said sir Arthur.

Gabriel révisa rapidement (et silencieusement) les mots en « wh- ». « What », « quoi », « who », « qui ». Ce n'est pas un quoi, c'est un qui ?

– Yorick is a person, said sir Arthur. Well, nearly a person. He's a character, in *Hamlet*. Well, nearly a character. He's dead, in fact. In *Hamlet*, the play, Yorick is a skull.

Gabriel se rappela les explications d'Emily concernant le fantôme de l'Opéra. Un fantôme avec un crâne sous le bras. Yorick était donc un crâne, ou plutôt le crâne d'un personnage appelé Yorick. Comment pouvait-on casser un crâne ?

– How can you break a skull? asked Emily as if she had heard him.

– Quite easily, in fact, said the ghost. At the end of the scene, I threw Yorick to the gravedigger, who dropped him, and he broke.

Heureusement pour Gabriel, sir Arthur, en tant qu'acteur, avait l'habitude d'accompagner ses mots de gestes. Ainsi, il mima, tout en parlant, la manière dont il avait jeté (« threw ») le crâne (nommé Yorick) en direction du fossoyeur (« gravedigger »), qui l'avait fait tomber (« dropped »). Le crâne s'était cassé.

– So, concluded sir Arthur, I had to find another Yorick. Immediately. I found a skull, brought it back here, but then I fell off the stage... and died. I'm dead. But I'm still here, he said. As a ghost. And I can't do anything because of this skull. I can't put it down. I need your help. Will you help me?

Là encore, les talents d'acteur d'Arthur aidèrent Gabriel à suivre son récit. Sir Arthur avait trouvé (« found ») un crâne de remplacement, l'avait ramené (« brought back ») au théâtre. Et c'est alors que le grand comédien était tombé (« fell ») de la scène, et qu'il était mort.

– Yes, said Emily. Of course we'll help you. Tell us what to do.

« To help », c'était « aider ». Gabriel trouvait que sa cousine s'était engagée un peu rapidement à venir en aide au fantôme. Ils le connaissaient à peine. Mais après tout, pourquoi pas ? Il fallait simplement savoir en quoi ils allaient pouvoir l'aider.

– That's the problem, said sir Arthur. I don't know.

HAMLET
SIR ARTHUR CARDIFF
SHAKESPEARE

Chapter Six

THE ABORIGINE SKULL

Le lendemain, Gabriel avait l'impression d'avoir rêvé. Il avait du mal à se convaincre qu'il avait vraiment rencontré un fantôme. Peut-être que le décalage horaire et la fatigue du voyage lui avaient provoqué des hallucinations. Mais lorsqu'il retrouva Emily dans la cuisine pour le petit déjeuner, il sut que ce n'était pas son imagination qui lui avait joué des tours quand elle lui glissa à voix basse :

– We need to help the ghost.

Gabriel était d'accord avec elle. Même s'il les avait effrayés au début, il fallait qu'ils aident le fantôme, visiblement malheureux de ne pas pouvoir se séparer de son crâne appelé Yorick. Gabriel avait du mal à imaginer ce que cela faisait de transporter un crâne partout où on allait. Ça devait être terrible.

– Alors, votre visite de l'Opéra était intéressante ? lui demanda sa maman, le tirant de ses réflexions.

– Très intéressante. Surprenante, même, répondit Gabriel, songeur.

– Surprenante ? s'étonna Sylvie.

– Disons qu'il faut le voir pour le croire ! dit Gabriel malicieusement.

– Eh bien, quel enthousiasme ! se réjouit Sylvie. Aujourd'hui nous allons visiter un parc avec des habitations aborigènes. Il y aura des animaux sauvages, aussi, ajouta-t-elle. Séverine m'en a parlé pendant que vous étiez à l'Opéra hier.

– Génial ! s'exclama Gabriel avec sincérité.

Il était ravi d'aller voir des animaux typiquement australiens, en particulier les kangourous et les koalas. Cela faisait longtemps qu'il rêvait de caresser un koala ! Et depuis la veille, les premiers habitants australiens l'intéressaient beaucoup eux aussi. Emily était perdue dans ses pensées. Elle semblait préoccupée. Quand Sylvie quitta la cuisine pour aller se préparer, Gabriel, qui s'inquiétait pour sa cousine, lui demanda :

– Are you okay?

Elle hocha la tête.

– Yes, I'm fine. I'm thinking about sir Arthur.

Elle pensait donc à sir Arthur, tout comme Gabriel.

– Me too, he replied.

– I don't see how we can help him, said Emily. But... it must be something to do with that skull. The skull he calls Yorick.

Emily's father interrupted their conversation :

– Ready? The car's waiting in front of the house, so let's go!

Ils montèrent tous à bord de la grande voiture qui attendait effectivement devant la maison. Bob les conduisit au nord de Sydney, où se trouvait le Ku-ring-gai Chase National Park, un grand parc naturel avec des plantes et des animaux typiques de l'Australie.

Gabriel oublia pour un temps l'histoire d'Arthur, le fantôme de l'Opéra. Il s'était attendu à se retrouver dans une sorte de zoo amélioré, mais en fait le Ku-ring-gai Chase National Park ressemblait plutôt à une réserve naturelle. C'était une vaste étendue avec des parcours aménagés et des aires de pique-nique, mais, à sa grande déception, dépourvue du moindre kangourou ou koala. Bob leur expliqua que les kangourous (« kangaroos ») habitaient surtout à l'intérieur du continent australien, alors que Sydney était sur la côte. De plus, ils évitaient les grandes villes. Il promit néanmoins à Gabriel de l'emmener voir des kangourous dans leur habitat naturel avant son retour en France.

Lors de leur visite du parc, ils virent en revanche un animal étrange appelé « long-nosed bandicoot » (« bandicoot au long nez », traduisit

Sylvie), et un arbre appelé « grass tree » (« arbre à herbe »). Ils firent une longue balade pour admirer des gravures faites par les Aborigènes dans la pierre des roches naturelles. Plus loin, ils visitèrent une grotte appelée Red Hands Cave (la « grotte des mains rouges »), avec des peintures aborigènes, et en contrebas un ancien lieu d'habitation d'Aborigènes où des familles entières s'abritaient autour d'un feu pendant la période froide. Pourtant, autour de Noël, il ne faisait pas froid du tout, car on était dans l'hémisphère sud, et Gabriel avait trouvé très étrange de devoir mettre de la crème solaire en plein mois de décembre !

Ils continuèrent leur visite jusqu'à la plage qu'ils surplombaient, avec une vue magnifique sur une eau bleu saphir. C'était à couper le souffle tellement c'était beau. Bob expliqua qu'on voyait souvent passer des baleines, au loin.

– Every year, a group of Aborigines celebrate Pemulwuy here, said Bob also.

– What is it? Gabriel asked.

– It's not a what, it's a who, said Bob with a smile. Pemulwuy was a famous Aboriginal warrior. But he was beheaded in 1802.

– Un fameux guerrier aborigène, souffla sa mère.

– What's beheaded? Gabriel asked, ignoring his mother.

Il n'avait jamais entendu ce mot, même s'il avait l'impression d'entendre « head », « tête », au milieu.

Emily lui fit une grimace et passa l'ongle de son pouce le long de sa gorge. Cette fois, Gabriel comprit : le guerrier aborigène qui s'appelait Pemulwuy avait été décapité.

– It's horrible! he exclaimed.

Bob approuva :

– Yes it is. Pemulwuy was a symbol of the Aborigine resistance to the British. After his death, his head, his skull, was sent to England.

Gabriel tenta de remettre en place les morceaux du puzzle. Un guerrier aborigène devenu symbole de la résistance contre les Britanniques avait été décapité. Après sa mort, son crâne avait été envoyé en Angleterre. Pour quoi faire ? se demanda-t-il.

– Why? he asked Bob.

– Why was he beheaded or why did they send his skull to England? asked Bob.

– Why the two, Gabriel proposed.

– Well, he was beheaded because the British saw him as a terrorist, said Bob. He killed British soldiers. Why send the skull to England ? I suppose they wanted to study his skull. They sent it back some time in the fifties, but then it disappeared.

– Sans doute voulaient-ils étudier son crâne, souffla Sylvie. Ils l'ont renvoyé en Australie dans les années cinquante, puis il a disparu.

– J'avais compris, maman ! répondit Gabriel.

Évidemment, sa mère ne pouvait pas savoir que le mot « skull », il commençait à le connaître. Et aussitôt, ce simple mot le fit de nouveau penser au fantôme rencontré la veille. Il se demandait comment ils allaient bien pouvoir aider sir

Arthur à se défaire de son crâne à lui. Celui du pauvre Yorick. C'était drôle, les Anglais avaient pris un crâne aborigène pour l'étudier, et le fantôme se retrouvait avec un crâne dont il ne parvenait pas à se défaire, tandis que les Aborigènes cherchaient un crâne disparu. Le monde était mal fait.

Chapter Seven

QUESTIONS AND ANSWERS

De retour à la maison, Gabriel et sa cousine s'enfermèrent dans la chambre qu'ils partageaient.

Gabriel, qui cherchait à construire sa phrase depuis un bout de temps, fit part à Emily de sa réflexion concernant le crâne de Pemulwuy, le guerrier aborigène.

– It's strange, he began. Sir Arthur has a skull and he doesn't want it, and the Aborigines want a skull and they don't have it.

Il n'était pas peu fier de sa construction complexe, mais Emily fronça les sourcils comme s'il venait de dire une énormité. Puis elle se pencha en avant.

– Do you think there's a link? she murmured. Between sir Arthur's skull and Pemulwuy's?

– I don't understand, said Gabriel.

– Do (elle leva les mains pour signifier quelque chose d'inconnu, une question) you (elle pointa son doigt vers lui) think (elle fit tourner son index près de son front pour mimer l'action de penser) there's a link (elle fit deux ronds à l'aide de ses pouces et de ses index, et les enchaîna pour créer un lien) between sir Arthur's skull and Pemulwuy's?

Cette fois, Gabriel comprit.

– No, I don't think, s'empressa-t-il de dire. But it's strange.

– You don't think so, but you could be right, said Emily slowly.

Gabriel could see she was thinking.

– Right, she said. We need more information. Come and help me.

Elle alla s'installer à son bureau, s'empressa d'allumer son ordinateur et se connecta sur un moteur de recherche.

– We need information about Pemulwuy's skull, she said, typing the words.

– And about sir Arthur, remarked Gabriel.

Emily cliqua sur *search*. De nombreux liens apparurent à l'écran. Elle ouvrit le premier d'entre eux, un article de journal anglais.

– Look! said Emily, pointing at the words on the screen. It's like Dad said. It says here that Pemulwuy's skull was sent to England, as a symbol of the British victory against the Aborigines. The British then gave it back. But nobody knows where it is. It has disappeared.

Gabriel was trying to read the article with Emily.

– Look, it says Prince William is involved! he said, pointing at the screen.

Le prince William était destiné à devenir un jour roi d'Angleterre, et si lui aussi voulait retrouver le crâne de Pemulwuy, c'est que l'affaire était sérieuse.

– But what is the link between sir Arthur and Pemulwuy? he asked.

– I don't know, she admitted. Let's have a look at sir Arthur Cardiff.

She typed sir Arthur's name, and several links appeared on the screen. Il y avait, entre autres, des photographies de sir Arthur en train de jouer le rôle de Hamlet, le crâne de Yorick entre les mains. C'était bien le même sir Arthur qu'ils avaient vu la veille, et les deux cousins ne pouvaient plus détacher leur regard de l'écran, ayant toujours du mal à croire qu'ils avaient conversé avec un fantôme.

– Look! said Gabriel pointing at an article entitled: *Sir Arthur Cardiff plays with death at the Sydney Opera House.*

Emily clicked on the link and began to read the article :

– Hamlet *is a tragedy, but yesterday evening it became a double tragedy when sir Arthur*

Cardiff, famous Shakespearian actor, fell to his death at the age of fifty-two while playing Hamlet. The date is *October 31st 1972*.

– I don't see the link, said Gabriel.

– I don't either, agreed Emily.

Elle soupira, incapable de cacher sa déception.

– Except... she said slowly, that sir Arthur, as you said, has a skull he doesn't want, and the Aborigines want a skull they don't have, and we saw an Aborigine in the Opera House just before we met sir Arthur.

Dans l'émotion de la rencontre avec le fantôme, Gabriel avait complètement oublié le vieil homme qui frappait sa canne sur le sol de la salle de concert. Il se tourna vers Emily.

– You're right! he said. The old man with white hair... He wanted something.

– We need to find the old man, said Emily. He must know something.

Elle avait raison, mais Gabriel avait du mal à garder les yeux ouverts. Toutes ces histoires de crânes lui donnaient mal à la tête.

– Tomorrow, he murmured. Tomorrow we find the old man.

Le lendemain, il se leva plus tôt que sa cousine et descendit à la cuisine où il trouva Sylvie en train de petit-déjeuner avec sa sœur. Séverine lui fit un grand sourire en le voyant arriver.

– Si vous saviez comme ça me fait plaisir que vous ayez fait le voyage jusqu'à nous cette année ! J'ai l'impression qu'Emily et toi avez beaucoup de choses à partager.

Se gardant bien de répondre, Gabriel hocha la tête poliment, et c'est ce moment-là que choisit Emily pour les rejoindre. Elle s'assit, encore ensommeillée, et commença de beurrer en silence une tartine. Les deux sœurs, qui avaient fini de manger, s'éclipsèrent.

– Je crois que vous êtes plus bavards quand nous ne sommes pas là ! plaisanta Séverine.

Et en effet, dès qu'elles se furent éloignées, Emily sembla se réveiller tout à fait et se rapprocha de Gabriel.

– I think we need to go to the Opera House, lui dit-il.

– I agree. We need to talk to the old man with white hair. And to Arthur too. I'll ask my dad if we can go with him tonight.

– He will ask why we want to go back to the Opera House, said Gabriel.

Emily haussa les épaules.

– Well, there are parts of the Opera House you haven't seen. And you're disappointed because you didn't see the ghost!

– Yes, and I want to see the ghost, said Gabriel dramatically. I love ghosts!

– Better than kangaroos? asked Emily with a smile.

Gabriel fronça les sourcils avant de se souvenir de la leçon sur le comparatif « better » et le superlatif « best ».

– Yes, I love ghosts better than kangaroos, he said.

Emily éclata de rire et leva sa main, pour que Gabriel tape dedans.

Chapter Eight

THE SKULL BY THE WINDOW

Bob avait accepté sans faire trop de difficultés d'emmener de nouveau les cousins avec lui à l'Opéra. Emily et Gabriel l'avaient supplié, jouant une comédie dont sir Arthur aurait été fier, à n'en pas douter ! Oui, il fallait ABSOLUMENT que Gabriel voie les costumes et accessoires. Il ne pouvait pas manquer ça, n'est-ce pas ? Bob avait accepté en levant les yeux au ciel.

– I hope you two aren't up to any mischief, he said.

– Mischief? Gabriel asked.

Emily lui tendit son portable sur lequel s'était affiché le mot « sottises ». Bêtises, plutôt, pensa-t-il.

– No, no mischief, he said to Bob.

C'est ainsi que Gabriel et Emily se retrouvèrent à nouveau dans le petit amphithéâtre où ils avaient rencontré Arthur l'avant-veille. Il y avait un concert ce soir-là dans la grande salle, et des notes d'une musique pleine de trompettes et de coups de tambour résonnaient tout autour d'eux.

Le fantôme était au rendez-vous. Sa silhouette translucide et blanche, qui brillait légèrement, flottait au-dessus des sièges. Il lissa sa moustache entre son pouce et son index avant de faire mine de s'asseoir sur l'un des fauteuils, à côté de Gabriel et d'Emily.

– Nice to see you, said the ghost. How are you?

– We've been thinking, said Emily. We need to ask you some questions. How did you find the skull?

– You mean Yorick? asked sir Arthur. Yorick the second?

– Yes, said Emily. When the first Yorick broke, where did you find the second Yorick?

– I looked in the prop room, of course, said the ghost. They always have back-up accessories, you know, in case one gets lost or broken.

– What's the prop room? asked Gabriel.

– It's where we keep all the props and costumes, said sir Arthur. The accessories we use in a theatre play. Are you French?

– Yes, said Gabriel. And so you found a skull in the prop room?

– Yes, said the ghost. I did.

– How many skulls were there in the prop room? Emily asked.

– Five.

– So why did you choose that one? Emily wondered, pointing to Yorick two.

– I don't really know, said the ghost, looking at the skull under his arm. He seemed the most realistic.

Ils attendirent que le concert de musique classique s'achève, ce qui se fit dans une explosion musicale, où tout l'orchestre symphonique jouait à l'unisson. Puis ils entendirent des applaudissements enthousiastes suivis de voix dans les couloirs ; les spectateurs quittaient lentement les lieux. Puis ce fut au tour de l'équipe de nettoyage d'investir la grande salle, afin qu'elle soit prête pour le lendemain. Une fois certains qu'ils ne risquaient de croiser personne, les deux cousins et le fantôme s'aventurèrent dans les couloirs. Arthur, transparent et flottant, les mena dans les coulisses vides, jusqu'à la fameuse salle des accessoires.

C'était une grande pièce, aux murs couverts d'étagères qui montaient jusqu'au plafond. Des échelles métalliques couraient le long de ces casiers où s'accumulaient des objets divers et variés, comme des boîtes à chapeau, des paniers en osier, des sacs en cuir, et même des cages à oiseaux ! Au milieu, des penderies mobiles, sur roulettes, soutenaient quantité de costumes magnifiques en velours ou en soie, copiant des vêtements de toutes les époques.

Le fantôme les mena jusqu'à un coin moins éclairé, où Gabriel et Emily découvrirent un squelette entier qui était maintenu debout par une tige de bois. Ils avancèrent jusqu'à une fenêtre derrière laquelle la nuit était absolument noire. Juste au-dessous de la fenêtre, il y avait une étagère sur laquelle s'alignaient cinq crânes. Ils n'étaient pas tous de la même teinte et l'on voyait bien que certains d'entre eux étaient en plastique. Cela voulait-il dire que les autres étaient de vrais crânes de vrais êtres humains ? Gabriel frissonna à cette pensée.

Emily reached out a hand to touch a skull, but then stopped. She must be thinking the same thing.

– So this is where you found Yorick?

– Well, not exactly, said the ghost. The skulls were on a shelf under the window, but one skull was on the window frame. Yorick.

Sir Arthur avait choisi précisément le crâne qui était sur le rebord de la fenêtre, et non pas sur l'étagère avec les autres !

– I took him, went on stage to play Hamlet, fell off and died, Arthur explained. And now I can't get rid of this skull. Will you please help me?

– Yes, we will help you, said Gabriel. We have a theory. But before we tell you, we need to talk to the old Aborigine with white hair.

Chapter Nine

THE OLD ABORIGINE WITH WHITE HAIR

Les deux cousins quittèrent la pièce des accessoires et retournèrent dans les couloirs. Ils croisèrent quelques préposés à l'entretien, tous vêtus de la combinaison grise, mais ce n'était jamais le vieil Aborigène.

– Maybe he's not working tonight, said Gabriel after a long walk through the different theatres in the Opera House.

– But we have to find him tonight! cried Emily. I'm sure my dad won't let us come here a third time.

– You're right, Gabriel agreed.

They started to search again, and came to the Concert Hall, with the red armchairs. Again, they sat down on the comfortable chairs.

– Where can we look now? asked Emily.

À ce moment-là, un bruit se fit entendre dans la grande salle. Un « toc, toc » régulier, qui se rapprochait d'eux.

Gabriel et Emily se redressèrent, l'oreille aux aguets.

– It's him! I'm sure it's him! whispered Emily.

And she was right. Suddenly, the old man, with his dark skin and his white hair, appeared in front of them, knocking with his cane.

Les deux enfants se levèrent d'un bond et descendirent en courant vers la scène.

– Sir! Sir! shouted Emily. We have to ask you something!

The old man turned to look at them and smiled.

– Hello you two, he said in a very deep voice. What do you want to ask me?

Without taking a second to breathe, Gabriel asked him:

– Are you searching for Pemulwuy's skull?

The old man looked at them for a long moment. Then he nodded slowly.

– How do you know that? he asked.

– We didn't know, said Emily. That's why we needed to ask you. And there's another question we need to ask, if that's ok.

Le vieil homme haussa les épaules comme pour dire : « Au point où j'en suis ! »

– Go ahead, then, he said.

– Did you leave Pemulwuy's skull on the window frame in the prop room in nineteen seventy-two?

The old Aborigine looked at Emily like he had seen a ghost.

– How do you know that? he repeated.

– It's a long story, said Gabriel.

– And a one I need to hear...

Ils allèrent tous les trois s'installer dans les profonds fauteuils de la salle de concert, et Emily commença à raconter au vieil Aborigène l'histoire de sir Arthur Cardiff et de son crâne Yorick.

Puis Emily lui expliqua ce qu'ils savaient de Pemulwuy, le guerrier aborigène qui avait mené la résistance contre les Anglais quand ces derniers opprimaient son peuple. Elle rappela comment Pemulwuy avait été décapité en 1802 et son crâne envoyé en Angleterre. Puis renvoyé en Australie dans les années cinquante. Depuis, on ne savait pas ce qu'il était devenu. Il avait disparu.

– Unless... she murmured, as a conclusion.

– Unless... Yorick is in fact Pemulwuy, finished Yarran (the old man had told them his name) in a serious voice.

– Exactly, said Emily. So now you can get Pemulwuy's skull back, and sir Arthur can rest in peace.

Le vieil homme avait écouté attentivement toute l'histoire qu'Emily lui avait racontée.

À présent, il hochait la tête d'un air entendu, comme si le fait qu'il y ait un fantôme dans l'Opéra, un fantôme qui possédait un crâne dont il devait se débarrasser pour pouvoir enfin reposer en paix, ne le troublait pas plus que cela. Puis il prit la parole de sa voix extraordinairement grave :

– I only see one problem, said Yarran. If I understand correctly, sir Arthur Cardiff has my ancestor's skull. But sir Arthur is a ghost. How do I get a skull back from a ghost?

Il était vrai, se dit Gabriel, qu'ils n'avaient pas songé à ça.

Chapter Ten

YARRAN

– Can you introduce me to sir Arthur? asked Yarran after a long moment of silence. Can you show me the skull?

Gabriel et Emily acceptèrent d'accompagner Yarran dans la salle des accessoires. L'Opéra se vidait. Ils croisèrent les derniers employés qui allaient ranger leurs balais et leurs aspirateurs. Les employés saluèrent les enfants – ils connaissaient Emily – et le vieil homme qui portait la même combinaison qu'eux, sans se poser de questions.

Sir Arthur les attendait là, en faisant semblant d'être assis sur un fauteuil couvert de velours orange, à côté de l'étagère où s'alignaient les crânes qui avaient servi dans différentes pièces de théâtre. Il se leva dès qu'il vit le trio arriver.

– You found him! Well done!

On sentait que le fantôme était agité. Tout allait peut-être basculer pour lui dans les minutes à venir, et il était au bord de la crise d'angoisse. Ses mains tremblaient et des gouttes de sueur translucide coulaient sur son front.

Yarran n'eut, lui, aucun mouvement de surprise ou de peur en découvrant Arthur. C'était comme si toute la situation était parfaitement normale. Il se présenta au comédien et lui raconta à son tour son histoire.

– I was one of the builders who built this place, dit-il avec un geste pour désigner tout l'Opéra qu'il avait aidé à construire. In that year, Pemulwuy was buried in Manly cemetery up there.

Gabriel ne connaissait ni le mot « buried » ni le mot « cemetery », mais devina qu'il devait s'agir du cimetière où était enterré Pemulwuy, à cause de la proximité entre les deux mots.

– The cemetery was being renovated, Yarran continued in his deep voice. We didn't want Pemulwuy to suffer, so we decided to move him to an Aboriginal cemetery. My family was responsible for him because he is our ancestor, so my cousin took the bones of his body, and I took his skull. But I had to work on this building, he repeated. So I took the skull with me, and put it with the other skulls while I did my day's work. In the evening, when I finished working, I came to take the skull, but it had disappeared.

– So this is my problem, said sir Arthur in a feeble voice. I became a ghost because I took Pemulwuy's skull?

Yarran smiled and nodded his head.

– Yes, you're right. You have been chosen by Pemulwuy.

– Chosen? asked sir Arthur. I don't understand.

Gabriel et Emily ne comprenaient pas non plus comment Pemulwuy avait pu choisir sir Arthur et ils étaient pendus aux lèvres du vieil Aborigène.

– See, you didn't take Pemulwuy's skull by chance. On the contrary, he chose you to look after his skull.

– By killing me? cried the ghost. That's a nice way to show me his gratitude!

– He didn't kill you. You fell off the stage, it was an accident. But Pemulwuy needed someone to look after him, to bury him here in Australia, that's why he turned you into a ghost, so you could look after him. You're an Aboriginal hero, Arthur. You've protected Pemulwuy's skull for more than forty years.

Le visage du fantôme s'éclaira d'une joie presque enfantine.

Gabriel quant à lui n'en revenait pas. Cette histoire était incroyable ! Pendant plus de quarante ans, Arthur avait été le gardien du crâne de Pemulwuy. C'était certainement pour cela qu'il ressentait cet attachement bizarre pour cette tête de mort ! Ils étaient tous les deux liés, sans que le comédien sache vraiment pourquoi. Et maintenant, Yarran avait tout expliqué. Gabriel avait l'impression d'assister à un moment très important, presque sacré.

– So what do we do now? asked Arthur in a whisper.

He was impressed by the situation.

– You give me back Pemulwuy's skull and I take it where it belongs, to an Aboriginal cemetery, surrounded by its people, with the rest of the bones. And you will be remembered by all the Aborigines of Australia. Your story will be told to each new generation.

On voyait qu'Arthur avait retrouvé sa grandeur d'antan. Il se tenait droit. Sa peau pâle et translucide brillait d'un halo de lumière blanche qui lui donnait un air magnifique. Il roula sa moustache entre ses doigts.

– How can I give you the skull back? sir Arthur asked. I'm a ghost.

– You just tell me where the skull is buried, said Yarran.

The ghost looked horrified.

– I can't tell you where it's buried, he said. I don't know.

SIR ARTHUR CARDIFF
1920-1972
TO BE OR NOT TO BE

Chapter Eleven

THE TOMB

– I know! cried Gabriel suddenly. We need to find where is buried sir Arthur.

– Where sir Arthur is buried, please, said the ghost. If you must talk about me like I'm not here, please use correct English. Repeat after me: We need to find where sir Arthur is buried.

– We need... said Gabriel, but Emily interrupted him:

– Why do we need that? It's Pemulwuy's skull we're looking for, not sir Arthur's.

– Yes, but...

Gabriel hésita, sentant tout le poids de la frustration linguistique s'abattre sur ses épaules. Il était certain d'avoir raison, mais il fallait convaincre les autres de l'aider.

– Sir Arthur had his accident here, right? he said. He was playing Hamlet, right? He was a good actor.

– He was a marvellous actor, interrupted sir Arthur. One of the best Shakespearian actors of all time.

– And so they buried sir Arthur like an actor, with the skull he had when he had the accident, Gabriel finished, out of breath.

– By Jove, he's right! said sir Arthur. They did bury me here. Under the Opera House.

– Can you take us there? asked Yarran.

– Yes... but...

The ghost hesitated:

– If you find the skull, I won't exist any more...

– You will live for ever in the memory of the Aboriginal people, said Yarran. We will never forget you. It will be much better than being a ghost.

Sir Arthur vivrait éternellement dans la mémoire du peuple aborigène... Présenté ainsi, il fallait avouer que l'argument était convaincant.

– In that case, I'm ready, said the ghost.

Gabriel looked at Emily. The moment had come for Arthur's very last role...

The ghost preceded them down a long corridor and a long staircase. They were deep under the Sydney Opera House, in the foundations of the giant building. In a small room, sir Arthur floated to a stone tomb. On the tomb were written the words: *Sir Arthur Cardiff, 1920-1972. To be or not to be.*

– "To be or not to be", that's a quotation from *Hamlet*, said the ghost.

– And this is Pemulwuy's skull, said Yarran, reaching his hand out to touch the skull on top of the tomb.

It was a light brown colour and its empty eyes seemed to shine for a second.

Yarran nodded.

– Thank you so much, sir Arthur, he whispered. After all this time...

He took the skull in his hands, and the eyes shone bright like diamonds.

– Goodbye, Yorick. Welcome back, Pemulwuy, said Arthur. May we both find peace.

Yarran turned to the two cousins.

– Emily, Gabriel, you were right. You discovered the truth. You two are heroes for my people, and you will also be remembered.

Then, Yarran said something in a strange language, and Gabriel guessed it was the Aboriginal language. It was beautiful and intimidating at the same time. The white light glowed more for a few seconds and the skull turned back to normal.

– What just happened? asked Emily in a small voice.

– I told Pemulwuy that he was going home. We will bury him in the Red Hand Cave in the

Ku-ring-gai Chase National Park. It was where one of his battles happened a long time ago. I think he will be happy there. Thank you again, in the name of all the Aborigines. Thank you.

Alors Yarran tira de sa poche un sac en velours. Des motifs identiques à ceux que Gabriel avait vus sur les rochers du parc ornaient le sac. Le vieil homme rangea précautionneusement le crâne de son ancêtre à l'intérieur et le referma en serrant les cordons.

Toujours en s'appuyant sur sa canne, il se dirigea vers la sortie. Avant d'en franchir le seuil, il se retourna et fit un dernier signe à ses amis, puis disparut dans la courbe du couloir.

– What about me? asked Arthur after a long silence. Am I not supposed to find eternal peace too?

Chapter Twelve

SHAKESPEARE IN HEAVEN

The three friends began to walk back up into the Opera House. Suddenly, Gabriel looked at the ghost.

– Sir Arthur, you're changing! he exclaimed.

– What? What?

– It's true, said Emily, look in the mirror!

There was a mirror on the wall of the corridor.

– I'm a ghost, you can't see ghosts in mirrors! replied sir Arthur.

– Please, just look, Gabriel insisted.

Sir Arthur wasn't happy, but he looked in the mirror.

– By Shakespeare! I can't believe it!

Gabriel was right. Sir Arthur was changing. He was turning into a... real man again! It was sir Arthur Cardiff, not a ghost, a real man like he was when he died!

He looked at his hands with astonishment and then looked at the two cousins.

– What's happening? he asked.

– You've won, Arthur, said Emily. You took good care of Pemulwuy and now you've won. You're not a ghost any more. You can die in peace.

– Then I must thank you before I go, said Arthur.

His dark blue eyes were shining with tears.

– Come here, he said.

He opened his arms, and Gabriel and Emily moved to him for a big hug. He held them against his heart and kissed them both on their heads.

– Thank you, Emily and Gabriel. Thank you so much. I will miss you.

– We will miss you too, said Emily. You are our friend.

– You are both my friends too. But I need to go now. Now I can go in peace. I have an appointment with Shakespeare in heaven. Think of me, and read *Hamlet*!

Suddenly, there was a flash of lightning. When Gabriel and Emily opened their eyes, Arthur was gone.

– I hope he will find Shakespeare in heaven, said Gabriel, trying to look cool.

– Me too. He deserves it, replied Emily.

When Gabriel and Emily got back to uncle Bob's office, they were sad, but happy at the same time because they had helped Arthur find Shakespeare in heaven and they had helped Yarran and the Aboriginal people find Pemulwuy's skull.

– Are you okay? asked uncle Bob, who was surprised to see them so sad.

– Yes, yes, we're fine, answered Emily.

– Ready to go back home? It's late.

– Yes, we're ready, said Gabriel.

Then they saw the book.

– What's that book? Emily asked her dad.

– Oh, that? It's an old copy of *Hamlet*. I found it in the Opera library. And look at this, it's strange.

Bob pointed to the first page of the book. Some words were written on the page:

To Emily and Gabriel, with all my love and thanks, sir Arthur Cardiff.

Emily looked at Gabriel, and they both smiled.

L'auteur

Carina Rozenfeld est née à Paris en 1972 et y vit toujours avec son fils et ses chats. Après des études d'urbanisme, elle a travaillé dans l'édition et dans la presse. Aujourd'hui, elle se consacre entièrement à l'écriture de ses romans : *Lucille et les Dragons sourds* (éditions Kyros, 2004), *Le Mystère Olphite* (éditions L'Atalante, 2008), la trilogie *La Quête des Livres-Monde* (L'Atalante, 2012), *Les Clefs de Babel* (coll. « Soon », Syros, 2009), qui a remporté de nombreux prix littéraires dont le prix des Incorruptibles 2011, la trilogie *Doregon* (L'Atalante, 2010, 2011 et 2012), la saga *Phænix* (collection « R », Robert Laffont, 2012), *Les Sentinelles du futur* (coll. « Soon », Syros, 2013), la saga *La Quête des pierres de Luet* (L'Atalante, 2014 et 2015) et *Le Feu Secret* (collection « R », Robert Laffont, 2015), coécrit avec C. J. Daugherty.

Pour choisir son roman Tip Tongue

/ 8-10 ANS / DÈS LE CE2-CM1-CM2 / A1 INTRODUCTIF

• ANGLAIS

Jeanne et le London Mystery
CLAUDINE AUBRUN
ET STÉPHANIE BENSON
LONDRES (Angleterre)

Florimond à la recherche du Oxford Treasure
YVES GREVET
OXFORD (Angleterre)

Blanche-Neige et la Magic Frog
STÉPHANIE BENSON

Boucles d'Or et les Strange Bears
STÉPHANIE BENSON

Valentin et les Scottish Secret Agents
CLAUDINE AUBRUN
ET STÉPHANIE BENSON
EDIMBOURG (Écosse)

Jeanne et le Fake London Manuscript
CLAUDINE AUBRUN
ET STÉPHANIE BENSON
LONDRES (Angleterre)

☺☺☺☺ / 10-12 ANS / DÈS LE CM2-6e-5e / A1 DÉCOUVERTE

• ANGLAIS

Hannah et le trésor du Dangerous Elf
STÉPHANIE BENSON
DERRY (Irlande)

Tom et le secret du Haunted Castle
STÉPHANIE BENSON
AIRTH (Écosse)

Noah et l'énigme du Ghost Train
STÉPHANIE BENSON
DUBLIN (Irlande)

Qui a vu le Phantom of the Opera?
CARINA ROZENFELD
SYDNEY (Australie)

La malédiction du Welsh Red Dragon
STÉPHANIE BENSON
ABERGAVENNY (Pays de Galles)

Wiggins, Sherlock et le Mysterious Poison
BÉATRICE NICODÈME
LONDRES FIN XIXe

• ALLEMAND

Martin et la Mysteriöse Kreatur
ROLAND FUENTÈS
MITTENWALD, HEIDELBERG (Allemagne)

Quatre fantômes im neuen Berlin
ROLAND FUENTÈS
BERLIN (Allemagne)

• ESPAGNOL

Thomas et le misterio Dalí
GILLES FONTAINE
CADAQUÉS (Espagne)

😋😋😋☺ / 12-14 ANS / DÈS LA 5e-4e-3e / A2 INTERMÉDIAIRE

• ANGLAIS

Peter et le mystère du Headless Man
STÉPHANIE BENSON
SAINT STEPHEN (Angleterre)

Lilith et la vengeance du Dark Magician
STÉPHANIE BENSON
LONDRES (Angleterre)

Alex et le rêve de la New York Star
STÉPHANIE BENSON ET JAKE LAMAR
NEW YORK (Etats-Unis)

Hélène et les Disappearing Gamers
NICOLAS LABARRE
PARIS (France)

Lucas et la Chick Team
MAÏTÉ BERNARD
NASHVILLE (Etats-Unis)

Zoé et l'élixir of Eternal Life
HERVÉ JUBERT
BRIGHTON (Angleterre)

• ALLEMAND

Emma et la japanische Mangaka
ISABELLE COLLOMBAT
LEIPZIG (Allemagne)

Mathéo et la tolle Mädchen
MYRIAM GALLOT
FRANCFORT-LANDENBURG (Allemagne)

• ESPAGNOL

Benoît et la bande de los Moteros
MAÏTÉ BERNARD
IBIZA (Espagne)

Tournage al Alcázar de Sevilla
LAURENCE SCHAACK
SÉVILLE (Espagne)

Je suis un verdadero Argentino !
LAURENCE SCHAACK
BUENOS AIRES (Argentine)

☺☺☺☺ / 14-16 ANS / Dès la 3e-2nde-1re / B1 SEUIL

• ANGLAIS

Hidden Agenda
CHRISTOPHE LAMBERT ET SAM VANSTEEN
SAN FRANCISCO (États-Unis)

La traversée du Time Tunnel
STÉPHANIE BENSON
EPSOM (Angleterre)

Dylan Dilemma
STÉPHANIE BENSON
NEW YORK (États-Unis)

Découvrez aussi... Tip Tongue JOURNAL

8-10 ANS
DÈS LE CE2-CM1-CM2
A1 INTRODUCTIF

10-12 ANS
DÈS LE CM2-6e-5^{e}
A1 DÉCOUVERTE

Des romans dessinés qui passent petit à petit en anglais.

ET SI TOI AUSSI TU ÉCRIVAIS UN JOURNAL IN ENGLISH?

12-14 ANS
DÈS LA 5e-4e-3^{e}
A2 INTERMÉDIAIRE

14-16 ANS
Dès la 3e-2nde-1re
B1 SEUIL

Loi n° 49-956 du 16 juillet 1949
sur les publications destinées à la jeunesse,
modifiée par la loi n° 2011-525 du 17 mai 2011.

Mise en pages : DV Arts Graphiques à La Rochelle
N° éditeur : 10263322 –Dépôt légal : janvier 2016
Achevé d'imprimer en mars 2020
par Jouve-Print (53100, Mayenne, France).
N° 2953081Y

MIXTE
Papier issu de sources responsables
FSC® C022030